# Analyse de l'œuvre

Par Tara Dorrell

# Fight Club

## Chuck Palahniuk

lePetitLittéraire.fr

# Analyse de l'œuvre

Par Tara Dorrell

# Fight Club

Chuck Palahniuk

# Rendez-vous sur lepetitlitteraire.fr et découvrez :

Plus de 1200 analyses
Claires et synthétiques
Téléchargeables en 30 secondes
À imprimer chez soi

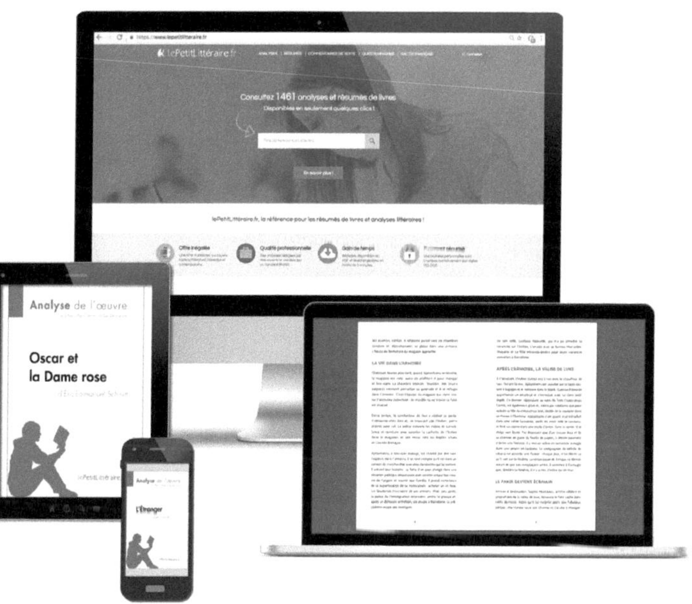

## CHUCK PALAHNIUK — 5

Romancier et journaliste américain — 5

## *FIGHT CLUB* — 6

La première règle du Fight Club est
de ne pas parler du Fight Club. — 6

## RÉSUMÉ — 7

Commencer par la fin — 7

La première règle du Fight Club — 8

La grande révélation — 9

## ÉTUDE DE CARACTÈRE — 11

Le Narrateur — 11

Tyler Durden — 12

Marla Singer — 13

Robert « Big Bob » Paulsen — 14

## ANALYSE — 15

Masculinité — 15

Point de vue narratif — 16

Emplacement, emplacement, emplacement — 18

## POURSUITE DE LA RÉFLEXION — 20

Quelques questions à méditer... — 20

## AUTRES LECTURES — 22

Édition de référence — 22

Études de référence — 22

Adaptations — 22

# CHUCK PALAHNIUK

## ROMANCIER ET JOURNALISTE AMÉRICAIN

- **Né à Pasco, Washington, en 1962.**
- **Travaux notables :**
  - *Monstres invisibles* (1999), roman
  - *Stranger than Fiction : True Stories* (2004), recueil de textes non fictionnels
  - *Adjustment Day* (2018), roman

Né à Washington, aux États-Unis, en 1962, Chuck Palahniuk fréquente l'école de journalisme de l'université de l'Oregon, dont il sort diplômé en 1986. Il a travaillé comme journaliste indépendant jusqu'en 1988, mais n'a commencé à se consacrer à sa carrière d'auteur que dans les années 1990. *Fight Club* est son premier roman, écrit dans le but de déranger son éditeur, qui avait rejeté son précédent roman parce qu'il était trop déconcertant.

Depuis lors, cinq de ses œuvres ont été adaptées en films et deux en romans graphiques. Il est connu pour son intérêt pour l'anti-consumérisme, et ses protagonistes sont souvent des personnages qui ont été d'une manière ou d'une autre marginalisés ou opprimés par la société, tandis que son style d'écriture est connu pour son utilisation de fins temporelles. Il a remporté le prix de la Pacific Northwest Bookseller's Association pour *Fight Club* et son roman de 2002, *Lullaby*. *Fight Club* a également remporté l'Oregon Book Award du meilleur roman.

# FIGHT CLUB

## LA PREMIÈRE RÈGLE DU FIGHT CLUB EST DE NE PAS PARLER DU FIGHT CLUB.

- **Genre :** Roman
- **Édition de référence :** Palahniuk, C. (2005) *Fight Club*. Londres : Penguin Random House.
- **1ère édition :** 1996
- **Thèmes :** mortalité, masculinité, règles et ordre, consumérisme, isolement, rupture sociale, violence.

*Fight Club* suit un narrateur anonyme qui voit son style de vie ennuyeux se détériorer, mais qui trouve un nouveau sens à sa vie grâce au fight club qu'il crée avec son ami Tyler. Le roman examine la destruction d'une société axée sur la consommation et soulève des questions sur la politique, la transgression et l'identité masculine. Bien que Palahniuk n'ait jamais espéré que son livre soit accepté par un éditeur, il a fini par remporter deux prix en 1997 et a été adapté en film avec Brad Pitt, Edward Norton et Helena Bonham Carter en 1999. Il est souvent comparé au roman *American Psycho* de Bret Easton Ellis (1991) pour sa description de la masculinité et des valeurs matérielles, et est devenu un élément clé de la culture pop actuelle.

# RÉSUMÉ

## COMMENCER PAR LA FIN

*Fight Club* commence en plein milieu de l'action, avec le narrateur et un homme appelé Tyler Durden à l'intérieur d'un bâtiment sur le point d'exploser. Tyler a un pistolet collé à l'intérieur de la bouche du narrateur et lui dit qu'aucun d'entre eux ne s'en sortira vivant.

À partir de cette scène, le Narrateur rembobine, nous racontant à la première personne comment il avait rencontré Tyler Durden, et comment tous deux s'étaient retrouvés dans cette situation. Le Narrateur était insomniaque, lorsque son médecin lui a recommandé d'aller «voir la vraie douleur» (p. 19) en se rendant dans un groupe de soutien. Suivant son conseil, le Narrateur fait exactement cela, se réconfortant en pleurant devant l'apaisement de la souffrance des autres. C'est dans l'un de ces groupes qu'il rencontre pour la première fois Marla Singer, un autre «imposteur» (p. 18), qui, tout comme notre Narrateur, n'est pas vraiment malade. Le Narrateur est irrité qu'elle s'immisce dans sa forme de thérapie, et les deux hommes conviennent de participer à des groupes de soutien différents pour s'éviter. La cause de l'insomnie du Narrateur semble être son travail et les voyages constants qu'il doit faire pour l'exercer. Lors d'un de ces voyages, il est allongé sur une plage nudiste lorsqu'il rencontre Tyler Durden. Plus tard, le Narrateur rentre chez lui après son voyage d'affaires et découvre que son appartement a explosé. Il est ensuite interrogé par la police qui le soupçonne de l'avoir fait exploser lui-même. Ayant besoin d'un endroit pour vivre, il appelle Tyler et lui demande de rester avec lui. Tyler accepte, à une condition : que le Narrateur le frappe au visage. Bien que réticent, le Narrateur s'exécute et les deux hommes réalisent qu'ils aiment se battre parce qu'ils se sentent vivants.

## LA PREMIÈRE RÈGLE DU FIGHT CLUB

Le narrateur s'installe chez Tyler, qui travaille à la fois comme projectionniste dans un cinéma et comme serveur dans un hôtel chic. Il fabrique également des savons bon marché qu'il vend aux grands magasins. Tous deux forment un club secret qui donne son nom au livre : Fight Club. Le club est organisé autour d'une série de règles incassables, dont la première est la plus infâme : « La première règle du Fight Club est de ne pas parler du Fight Club » (p. 47). De plus en plus de gens se rendent au Fight Club, laissant derrière eux le monde monotone de tous les jours et entrant de plus en plus en contact avec leur masculinité.

Tyler et Marla se rencontrent indépendamment du narrateur : une nuit, Tyler se précipite à l'hôtel où elle vit, croyant qu'elle est suicidaire. Après cela, les deux hommes entament une relation instable, au grand dam du Narrateur. Il remarque qu'il ne voit jamais Marla et Tyler en même temps, ce qui l'amène à se demander s'il s'agit bien de la même personne. Tyler montre au narrateur comment il fabrique du savon, avant de verser de la soude sur sa main et de lui infliger une brûlure chimique. Marla et Tyler se disputent après qu'elle a découvert qu'il utilisait les quantités massives de collagène prélevées sur le corps déclinant de sa mère pour fabriquer des savons de luxe. Suite à cela, Marla appelle le narrateur pour qu'il l'examine afin de détecter un cancer du sein, et découvre qu'elle en est effectivement atteinte. En conséquence, elle retourne dans les groupes de soutien, cette fois en tant que membre légitime.

Le fight club, quant à lui, a connu une croissance exponentielle, s'étendant à tout le pays, et est utilisé par Tyler pour diffuser ses idées anticonsuméristes. Après que le narrateur ait agressivement battu l'un des membres, un jeune homme qu'il surnomme « Angel-face » (p. 123), Tyler décide que le fight club n'est plus aussi satisfaisant qu'avant. C'est ainsi qu'est créé le « projet Mayhem » (p. 121), composé des membres les plus dévoués. Comme dans le cas du Fight Club, la secte vit selon un ensemble de règles et son objectif est de détruire la société moderne, axée sur la consommation. Les membres sont encouragés à abandonner à la fois leur identité et leur bonheur pour le bien de l'armée en cours de création. Les questions ne peuvent être posées, les mensonges et les excuses sont bannis et *il* faut faire confiance à Tyler. Le Projet Mayhem est tout aussi violent que le Fight Club, et les attentats, les bombes et le vandalisme sont utilisés pour détruire la société.

## LA GRANDE RÉVÉLATION

Une nuit, le narrateur tente de se suicider après avoir été appelé par Tyler à son travail. Alors qu'il est conduit par un membre du projet Mayhem, il est interrogé sur sa vie, et devient déprimé par l'insignifiance de celle-ci. Seuls le chauffeur et l'interrogateur l'empêchent de foncer dans la circulation. Le projet Mayhem se poursuit, mais Tyler semble avoir disparu. Le Narrateur tente de le retrouver, mais il se rend compte qu'il est lui-même Tyler. Ses soupçons sont confirmés lorsqu'il appelle Marla et qu'elle s'adresse à lui en disant « Tyler ». « Tyler lui apparaît alors : en tant qu'alter ego, il est capable de réaliser tous les désirs refoulés du narrateur. Lorsqu'il se rend compte que c'est lui qui crée les explosifs et dirige le projet Mayhem, le narrateur tente d'arrêter le projet, mais découvre que non seulement son patron a été tué, mais que Tyler a préparé les membres du projet Mayhem à sa propre tentative de destruction du projet et qu'ils le menacent de castration. Le narrateur perd connaissance et finit par se réveiller là où nous l'avons rencontré au début du Roman, au sommet d'un gratte-ciel. Tyler prévoit de les faire mourir tous les deux et de les martyriser en faisant exploser le bâtiment. L'explosion est cependant stoppée par l'échec des explosifs et l'apparition de Marla et de son groupe de soutien pour le cancer, qui ne voit que le narrateur qui pointe une arme sur lui. Dans ce qu'il prétend être la seule action qui lui appartienne vraiment, le narrateur se tire néanmoins une balle dans le visage.

Le dernier chapitre révèle que, bien que sa tentative de suicide l'ait blessé, il est vivant et se trouve à l'hôpital, où Marla lui rend parfois visite. Les membres du Projet Mayhem lui rendent également visite, continuant à s'adresser à lui en tant que « M. Durden » (p. 208) et l'informant qu'ils attendent avec impatience la suite du projet.

# ÉTUDE DE CARACTÈRE

## LE NARRATEUR

Le narrateur nous sert de guide tout au long du roman, mais il est loin d'être fiable. Lassé de sa vie monotone, il commence à fréquenter des groupes de soutien pour les malades du cancer afin de « voir la vraie douleur » (p. 19), car lorsque le narrateur pense qu'il va dormir, son alter ego, Tyler Durden, prend en fait le contrôle et dirige les fight clubs et le projet Mayhem dans tout le pays. Il est remarquable que nous n'apprenions jamais le véritable nom du narrateur – même dans les groupes de soutien, il utilise toujours un faux nom.

À un moment donné, le narrateur remarque qu'il ne voit jamais Tyler et Marla dans la même pièce et envisage la possibilité qu'ils soient la même personne. Cependant, il ne se rend pas compte que si Marla et Tyler ne sont pas la même personne, sa propre présence est presque entièrement éclipsée par celle de Tyler. Lorsqu'il est interrogé par un policier au sujet de la destruction de son condominium, Tyler se tient derrière lui et lui chuchote ses réponses à l'oreille – mais le policier ne remarque rien. Même si Tyler n'est pas plus présente physiquement que le narrateur, ce sont ses mots qui lui donnent le pouvoir et le contrôle de la situation. C'est Tyler qui parle réellement à l'agent de police, et le narrateur n'est rien de plus que son porte-parole. Lorsque le Narrateur se rend compte que Tyler est en fait lui-même, il prend peur de tout ce que Tyler a mis en marche et tente d'y mettre un terme. Malgré sa détermination, il n'y parvient pas car Tyler a toujours une longueur d'avance sur lui : comme il s'agit de la même personne, Tyler sait exactement comment le Narrateur pense.

On ne sait pas vraiment contre qui ou contre quoi le narrateur se bat au cours du Roman – au début, il semble s'agir de l'inéluctable monotonie de sa vie et de son travail de bureau, puis des pressions plus générales d'un monde axé sur la consommation. À la fin, cependant, Tyler est incontestablement devenu son ennemi, tout comme le Projet Mayhem. Ils sont une partie du narrateur trop volatile pour exister dans le monde, mais s'il est peut-être la seule chose qui retient Tyler, Tyler est aussi une menace pour lui. À la fin du livre, on ne sait pas si Tyler est toujours là à la suite de la tentative de suicide du narrateur, ou si le narrateur a finalement été laissé aux commandes. Quoi qu'il en soit, les singes de l'espace qui font partie du projet Mayhem s'attendent toujours à ce qu'il le dirige.

## TYLER DURDEN

Tyler Durden est l'alter ego du narrateur, bien que cela ne soit révélé de manière flagrante que vers la fin du film. Audacieux et charismatique, il est prêt à faire tout ce que le narrateur souhaiterait faire : avoir une relation avec Marla, créer des explosifs et diriger une secte destinée à faire tomber la société telle que nous la connaissons. Il exerce divers emplois de nuit, comme projectionniste dans un cinéma et serveur, en plus d'une entreprise de fabrication de savon à côté. Il prend plaisir à coller des nanosecondes de pornographie dans les films sur lesquels il travaille et à saboter la nourriture qu'il sert aux clients haut de gamme. Bien qu'il vienne à la rescousse du Narrateur, il est également à l'origine de la bagarre initiale qui mène au Fight Club lui-même.

En tant qu'alter ego du narrateur, il a toujours une longueur d'avance sur lui et sait exactement ce qu'il dirait pour tenter d'arrêter à la fois « Tyler » et le Projet Mayhem. Tout au long du roman, nous pouvons constater de nombreuses similitudes entre le Narrateur et Tyler : tous deux s'intéressent à la méditation et au bouddhisme, ainsi qu'aux explosifs et à leur utilisation. Le Narrateur nous dit dès le début qu'il sait des choses « parce que Tyler le sait » (p. 12). Ce n'est que lorsqu'il est révélé qu'ils sont en fait la même personne que cela commence à avoir un sens.

## MARLA SINGER

Marla Singer est le seul personnage féminin important du roman, mais elle subit des changements significatifs. Lorsque nous la rencontrons pour la première fois, elle est grossière et vulgaire, et le Narrateur la méprise parce qu'elle est une « menteuse « (p. 18) dans les groupes de soutien pour les personnes atteintes du cancer (auxquelles il participe également, bien qu'il ne soit pas malade). Elle s'engage dans une relation confuse avec Tyler, que le Narrateur ne peut pas comprendre, mais devient en même temps assez proche du Narrateur pour lui demander de vérifier si elle a un cancer. Bien sûr, elle ne sait rien de son dédoublement de personnalité et, en ce qui la concerne, elle sort avec le Narrateur, alias Tyler, depuis le début.

Le diagnostic de cancer adoucit Marla et la transforme en un personnage féminin plus traditionnel. C'est elle qui apparaît presque comme une sauveuse pour le Narrateur à la fin du roman, lorsqu'elle tente de l'empêcher de se suicider. Ainsi, elle n'est plus le personnage effronté du début, mais la fille de rêve dont le but est de sauver le protagoniste masculin. Pourtant, même ici, elle échoue, car le Narrateur se suicide effectivement. Le projet Mayhem a pris vie et, par conséquent, la norme, tant dans les romans que dans la société, de la femme dont le seul but est d'aider l'homme à accomplir son destin est contrecarrée par le culte qui veut renverser toute structure sociétale.

## ROBERT « BIG BOB » PAULSEN

Personnage mineur, le Narrateur rencontre Big Bob, un ancien bodybuilder, dans un groupe de soutien aux malades du cancer au début du roman. Ce n'est qu'avec lui que le Narrateur se sent capable de pleurer, bien que cela lui soit enlevé lorsque Marla commence à se manifester. Big Bob réapparaît plus tard en tant que membre du Fight Club, mais sa mort est le catalyseur qui amène le Narrateur à se détourner à la fois de Tyler et du Projet Mayhem, vu la banalité avec laquelle ils traitent sa mort.

# ANALYSE

## MASCULINITÉ

Presque tous les personnages de *Fight Club* sont des hommes, et le besoin agressif de souligner leur masculinité est présent tout au long du film. Décrit comme « une génération d'hommes élevés par des femmes » (p. 50), il est clair que les membres du club se sentent déconnectés de leur masculinité, et l'absence de figures paternelles en est la raison. Par conséquent, ils ressentent le besoin d'exagérer leur propre masculinité, pour contrer la féminité dont ils ont été entourés pendant leur enfance. Si leurs figures paternelles n'étaient pas absentes, alors ils contrôlaient totalement la vie de leurs enfants. Cela conduit encore les hommes à vouloir accroître leur propre domination masculine, presque comme une manière de se défendre contre les hommes qui ont été les oppresseurs dans leur propre vie. Les membres du Fight Club sont des hommes qui cherchent à reprendre le contrôle de leur vie par le biais de leur masculinité. Le livre lui-même est incroyablement orienté vers les hommes, avec seulement deux personnages féminins nommés, Marla et Chloe. Il y a un conflit distinct entre la masculinité et la féminité que Marla et le Narrateur présentent, ce qui ajoute une autre couche d'anxiété pour le Narrateur. Au début, Il est obsédé par ses meubles Ikea et participe à des groupes de soutien juste pour pouvoir ressentir quelque chose et pleurer ; une fixation sur les meubles et des émotions exacerbées sont typiquement associées aux femmes, et pourtant ici elles sont placées sur le Narrateur masculin. Marla, en comparaison, est brusque et obscène, des traits qui sont généralement attribués aux hommes. Cependant, à la suite de Fight Club, le narrateur s'affirme davantage et prend le contrôle, ce qui est particulièrement clair lorsque nous réalisons qu'il est Tyler et qu'il a toujours eu le contrôle. Marla, en revanche, est adoucie par la prise de conscience qu'elle a un cancer, et c'est elle qui supplie le Narrateur de ne pas se suicider à la fin du roman, assumant essentiellement un rôle cliché mais attendu des femmes dans les romans.

Tyler est le plus ardent défenseur d'une société plus patriarcale, et c'est en partie la raison pour laquelle il crée le Projet Mayhem. Pour lui, c'est un moyen d'obtenir le contrôle qui, selon lui, fait défaut à la société. Cependant, alors qu'il pousse les hommes du fight club à affirmer leur propre contrôle, il devient à son tour une figure presque divine pour eux, et assume ainsi le rôle qu'il a tant essayé d'exterminer. Pourtant, même cette situation est troublée par la tentative du Narrateur de se détacher du Projet Mayhem et du Fight-Club, car elle démontre que les paroles de Tyler sont devenues encore plus puissantes que lui – même s'il *est* Tyler, il n'a pas le droit d'aller à l'encontre de ses propres règles.

## POINT DE VUE NARRATIF

Le point de vue narratif est un élément clé de *Fight Club*, que Palahniuk utilise à la fois pour maintenir et faire allusion à l'identité alternative du Narrateur. Si le lecteur avait eu droit à un point de vue à la troisième personne, il aurait été évident dès le départ que le narrateur était en fait Tyler Durden. En utilisant la première personne, Palahniuk nous oblige à faire le même voyage de découverte de soi que le Narrateur. Ce n'est qu'une fois la vérité révélée que nous sommes capables de regarder en arrière et de voir comment les indices nous ont été donnés tout au long de l'histoire. Cela se produit dès le début du roman, lorsque le narrateur déclare qu'il sait quelque chose parce que Tyler le sait. Plus tard, ils utilisent tous deux exactement la même phrase – chacun décrivant crûment comment il pourrait « se torcher le cul avec la Joconde » (p. 124) – même si l'un ne l'a pas dit à l'autre.

Malgré cela, il y a des cas où l'on s'adresse directement à nous. En s'adressant directement à nous en tant que « vous » (« vous vous réveillez chez Logan », p. 25), on nous fait entrer directement dans l'histoire, comme si nous n'étions rien de plus qu'un autre « singe de l'espace » (p. 12). Même s'il s'agit d'un roman axé sur le renversement d'une société de consommation sans cervelle, celle-ci est remplacée par une autre forme d'insouciance – et le récit à la première personne nous oblige à en faire partie.

Le Narrateur lui-même est incontestablement peu fiable : au fur et à mesure que le livre avance, les frontières entre lui et Tyler deviennent de plus en plus floues jusqu'à ce que leurs pensées semblent presque identiques. Le flux va également dans les deux sens – à mesure que l'intérêt du Narrateur pour une vie plus calme et plus spirituelle augmente, l'entrée de la religion et de la spiritualité dans les idées que Tyler diffuse fait de même. Parallèlement, les connaissances détaillées du Narrateur sur les explosifs et leur fabrication n'existent que grâce à l'expertise de Tyler. C'est ainsi qu'il est en mesure de savoir exactement pourquoi les bombes de la fin du roman n'explosent pas, car elles ont été mélangées à de la paraffine, ce qui les rend inutiles.

## EMPLACEMENT, EMPLACEMENT, EMPLACEMENT

Dans *Fight Club*, on ne nous indique jamais un lieu précis où tout se déroule : même si nous savons que les clubs finissent par apparaître dans tout le pays et que le narrateur les trouve à Seattle et dans d'autres endroits, l'original aurait pu être créé n'importe où en Amérique. Cela permet au lecteur de s'identifier aux hommes qui rejoignent le club – il est accessible à tous ceux qui se sentent comme des outsiders, et il offre des possibilités où que l'on soit.

Les quelques hôtels utilisés ont également une certaine importance, notamment en raison de leur nom. Alors que le nom de l'hôtel Regent où séjourne Marla pourrait évoquer la royauté et le luxe, il ne fait que souligner sa place au bas de l'échelle sociale, celle d'une toxicomane potentiellement suicidaire, victime du monde dans lequel elle vit plutôt que de le diriger. L'hôtel Pressman où travaille Tyler est extrêmement prestigieux et extravagant, ce qui ne fait que souligner à la fois son comportement enfantin de serveur, qu'il considère comme une rébellion contre la société, et l'énorme différence entre ceux qui se trouvent en haut et en bas de l'échelle sociale.

Il y a également une différence notable entre la maison dans laquelle le narrateur vivait et celle qu'il partage avec Tyler. Alors que la première était remplie de meubles Ikea et était ordonnée, stérile et sans vie, la maison que Tyler loue tient avec des « clous rouillés » (p. 57), et est remplie à ras bord de piles de magazines. La maison et le mode de vie précédents du narrateur ont littéralement volé en éclats, mais cela lui a permis de repartir à zéro, et d'adopter une vie beaucoup plus rude – mais authentique – à la place.

# POURSUITE DE LA RÉFLEXION

## QUELQUES QUESTIONS À MÉDITER...

- Examinez la façon dont Chuck Palahniuk fait allusion à la double identité du narrateur tout au long du roman.

- Comment le film de 1999 du même nom se compare-t-il au livre, et pourquoi pensez-vous que la fin a été modifiée ?

- Le projet Mayhem a-t-il progressé au point de pouvoir exister même sans Tyler Durden ou le narrateur ? Expliquez votre réponse ?

- Contre quoi le narrateur lutte-t-il dans le roman, et en quoi cela diffère-t-il des luttes de Tyler ?

- Comment le chapitre d'ouverture nous prépare-t-il au reste du Roman ?

- Pourquoi pensez-vous que tant de lecteurs ont trouvé que *Fight Club* était un livre si attachant ?

- Au fur et à mesure que le Roman avance, il devient une bataille entre le Narrateur et Tyler. Selon vous, qui devrait rester à la fin ? Expliquez votre réponse.

- Examinez l'utilisation de la religion et des idées spirituelles dans le Roman.

- Explorez les façons dont *Fight Club* critique le monde axé sur la consommation.

- Pourquoi les sentiments du Narrateur envers Marla changent-ils alors qu'il est initialement si irrité par elle?

# AUTRES LECTURES

## ÉDITION DE RÉFÉRENCE

- Palahniuk, C. (2005) *Fight Club*. Londres : Penguin Random House.

## ÉTUDES DE RÉFÉRENCE

- Godfree, T. (2010) A Generation of Men Raised by Women : Gender Constructs in 'Fight Club'. *Inquiries Journal*. [En ligne]. [Consulté le 23 janvier 2019]. Disponible sur : < http://www.inquiriesjournal.com/articles/227/2/a-generation-of-men-raised-by-women-gender-constructs-in-fight-club>
- Jordison, S. (2016) Première règle du Fight Club : personne ne parle de la qualité de l'écriture. The *Guardian : Culture*. [En ligne]. [Consulté le 23 janvier 2019]. Disponible sur : < https://www.theguardian.com/books/booksblog/2016/dec/20/first-rule-about-fight-club-no-one-talks-about-the-quality-of-the-writing>

## ADAPTATIONS

- *Fight Club*. (1999) [Film]. David Fincher. Dir. États-Unis : 20th Century Fox.

# lePetitLittéraire.fr

- des analyses de livres
- des fiches de lectures
- des commentaires littéraires
- des questionnaires de lecture
- des résumés

**Retrouvez
notre offre complète sur
lePetitLittéraire.fr**

ISBN version numérique : 9782808684606
ISBN version papier : 9782808685405
Dépôt légal : D/2023/12603/1040

Conception numérique : Primento,
le partenaire numérique des éditeurs.